Collection rose

ONTE DE LISLE

Poèmes et Poésies

PARIS

LIBRAIRIE A. LEMERRE

Poèmes et Poésies

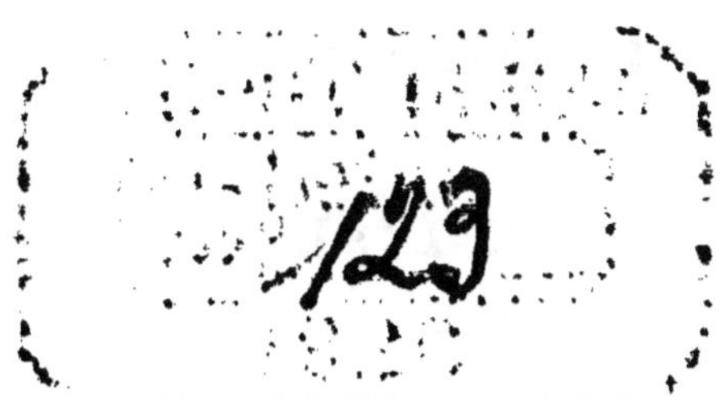

Petite Collection rose

LECONTE DE LISLE

Poèmes et Poésies

PARIS

LIBRAIRIE A. LEMERRE

LECONTE DE LISLE
(1818-1894)

Leconte de Lisle est né à l'Ile Bourbon. C'est là que ses yeux d'enfant se sont emplis des couleurs et des formes des paysages prestigieux de l'Orient. Une nature sans tendresse, à la lumière implacable, aux faces énormes et aveugles, éveilla dans son âme cette idée obsédante de la fatalité, qu'il devait retrouver au long de l'histoire, quand plus tard il étudia la Grèce et traduisit ses chefs-d'œuvre. Tout ce que l'Orient dans sa lourde immobilité traîne depuis des siècles de renoncement à l'impossible bonheur et de goût de la mort s'ajouta par ailleurs en lui à son pessimisme natif. Cette révolte contre le mal, qu'un impitoyable destin fait peser sur tout ce qui vit, cette protestation contre la loi d'airain, qui régit le monde, ce sont les sentiments qui animent de leurs cris magnifiques la longue suite des Poèmes antiques, *des* Poèmes tragiques, *des* Poèmes barbares *et des* Derniers Poèmes. *L'Ananké écrase les épaules et martèle le front de cet éternel vaincu, de ce damné qu'est l'homme.*

Mais le mal prend des formes si belles, la nature féroce étale sous le ciel embrasé de si somptueux tableaux, et la malédiction divine éclate en de si splendides tragédies, que dans son isolement et son horreur de vivre l'homme trouve cependant une consolation qui lui fait la vie supportable : contempler. Puis, quand ses yeux vieillis, lassés du spectacle des choses, voient enfin du haut d'un ciel de fer fondre le coup suprême, dont le sort va l'abattre, il lui reste un droit, inviolable, superbe, que les Dieux mêmes sont impuissants à lui ravir : disparaître sans une larme avec un dernier éclair d'orgueil sur la face, et, pareil au loup qu'a chanté Vigny, « sans jeter un cri ».

Les Éléphants

Le sable rouge est comme une mer sans limite,
Et qui flambe, muette, affaissée en son lit.
Une ondulation immobile remplit
L'horizon aux vapeurs de cuivre où l'homme habite.

Nulle vie et nul bruit. Tous les lions repus
Dorment au fond de l'antre éloigné de cent lieues,
Et la girafe boit dans les fontaines bleues,
Là-bas, sous les dattiers des panthères connus.

Pas un oiseau ne passe en fouettant de son aile
L'air épais, où circule un immense soleil.
Parfois quelque boa, chauffé dans son sommeil,
Fait onduler son dos dont l'écaille étincelle.

Tel l'espace enflammé brûle sous les cieux clairs.
Mais, tandis que tout dort aux mornes solitudes,
Les éléphants rugueux, voyageurs lents et rudes,
Vont au pays natal à travers les déserts.

D'un point de l'horizon, comme des masses brunes,
Ils viennent, soulevant la poussière, et l'on voit,
Pour ne point dévier du chemin le plus droit,
Sous leur pied large et sûr crouler au loin les dunes.

Celui qui tient la tête est un vieux chef. Son corps
Est gercé comme un tronc que le temps ronge et mine ;
Sa tête est comme un roc, et l'arc de son échine
Se voûte puissamment à ses moindres efforts.

Sans ralentir jamais et sans hâter sa marche,
Il guide au but certain ses compagnons poudreux;
Et, creusant par derrière un sillon sablonneux,
Les pèlerins massifs suivent leur patriarche.

L'oreille en éventail, la trompe entre les dents,
Ils cheminent, l'œil clos. Leur ventre bat et fume,
Et leur sueur dans l'air embrasé monte en brume;
Et bourdonnent autour mille insectes ardents.

Mais qu'importent la soif et la mouche vorace,
Et le soleil cuisant leur dos noir et plissé?
Ils rêvent en marchant du pays délaissé,
Des forêts de figuiers où s'abrita leur race.

Ils reverront le fleuve échappé des grands monts,
Où nage en mugissant l'hippopotame énorme,
Où, blanchis par la lune et projetant leur forme,
Ils descendaient pour boire en écrasant les joncs.

Aussi, pleins de courage et de lenteur, ils passent
Comme une ligne noire, au sable-illimité;
Et le désert reprend son immobilité
Quand les lourds voyageurs à l'horizon s'effacent.

La Panthère noire

Une rose lueur s'épand par les nuées;
L'horizon se dentelle, à l'Est, d'un vif éclair;
Et le collier nocturne, en perles dénouées,
S'égrène et tombe dans la mer.

Toute une part du ciel se vêt de molles flammes
Qu'il agrafe à son faîte étincelant et bleu.
Un pan traîne et rougit l'émeraude des lames
D'une pluie aux gouttes de feu.

Des bambous éveillés où le vent bat des ailes,
Des letchis au fruit pourpre et des cannelliers
Pétille la rosée en gerbes d'étincelles,
Montent des bruits frais par milliers.

Et des monts et des bois, des fleurs, des hautes mousses,
Dans l'air tiède et subtil, brusquement dilaté,
S'épanouit un flot d'odeurs fortes et douces,
Plein de fièvre et de volupté.

Par les sentiers perdus au creux des forêts vierges
Où l'herbe épaisse fume au soleil du matin;
Le long des cours d'eau vive encaissés dans leurs berges,
Sous de verts arceaux de rotin;

La reine de Java, la noire chasseresse,
Avec l'aube, revient au gîte où ses petits
Parmi les os luisants miaulent de détresse,
Les uns sous les autres blottis.

Inquiète, les yeux aigus comme des flèches,
Elle ondule, épiant l'ombre des rameaux lourds.
Quelques taches de sang, éparses, toutes fraîches,
Mouillent sa robe de velours.

Elle traîne après elle un reste de sa chasse,
Un quartier du beau cerf qu'elle a mangé la nuit;
Et sur la mousse en fleur une effroyable trace
Rouge, et chaude encore, la suit.

Autour, les papillons et les fauves abeilles
Effleurent à l'envi son dos souple du vol;
Les feuillages joyeux de leurs mille corbeilles
Sur ses pas parfument le sol.

Le python, du milieu d'un cactus écarlate,
Déroule son écaille, et, curieux témoin,
Par-dessus les buissons dressant sa tête plate,
La regarde passer de loin.

Sous la haute fougère elle glisse en silence,
Parmi les troncs moussus s'enfonce et disparaît.
Les bruits cessent, l'air brûle, et la lumière immense
Endort le ciel et la forêt.

Le Jaguar

Sous le rideau lointain des escarpements sombres
La lumière, par flots écumeux, semble choir;
Et les mornes pampas où s'allongent les ombres
Frémissent vaguement à la fraîcheur du soir.

Des marais hérissés d'herbes hautes et rudes,
Des sables, des massifs d'arbres, des rochers nus,
Montent, roulent, épars, du fond des solitudes,
De sinistres soupirs au soleil inconnus.

La lune, qui s'allume entre des vapeurs blanches,
Sur la vase d'un fleuve aux sourds bouillonnements,
Froide et dure, à travers l'épais réseau des branches,
Fait reluire le dos rugueux des caïmans.

Les uns, le long du bord traînant leurs cuisses torses,
Pleins de faim, font claquer leurs mâchoires de fer;
D'autres, tels que des troncs vêtus d'âpres écorces,
Gisent, entre-bâillant la gueule aux courants d'air.

Dans l'acajou fourchu, lové comme un reptile,
C'est l'heure où, l'œil mi-clos et le mufle en avant,
Le chasseur au beau poil flaire une odeur subtile,
Un parfum de chair vive égaré dans le vent.

Ramassé sur ses reins musculeux, il dispose
Ses ongles et ses dents pour son œuvre de mort;
Il se lisse la barbe avec sa langue rose;
Il laboure l'écorce et l'arrache et la mord.

Tordant sa souple queue en spirale, il en fouette
Le tronc de l'acajou d'un brusque enroulement :
Puis, sur sa patte roide il allonge la tête,
Et, comme pour dormir, il râle doucement.

Mais voici qu'il se tait, et, tel qu'un bloc de pierre,
Immobile, s'affaisse au milieu des rameaux :
Un grand bœuf des pampas entre dans la clairière,
Corne haute et deux jets de fumée aux naseaux.

Celui-ci fait trois pas. La peur le cloue en place :
Au sommet d'un tronc noir qu'il effleure en passant,
Plantés droit dans sa chair où court un froid de glace,
Flambent deux yeux zébrés d'or, d'agate et de sang.

Stupide, vacillant sur ses jambes inertes,
Il pousse contre terre un mugissement fou ;
Et le jaguar, du creux des branches entr'ouvertes,
Se détend comme un arc et le saisit au cou.

Le bœuf cède, en trouant la terre de ses cornes,
Sous le choc imprévu qui le force à plier;
Mais bientôt, furieux, par les plaines sans bornes
Il emporte au hasard son fauve cavalier.

Sur le sable mouvant qui s'amoncelle en dune,
De marais, de rochers, de buissons entravé,
Ils passent, aux lueurs blafardes de la lune,
L'un ivre, aveugle, en sang, l'autre à sa chair rivé.

Ils plongent au plus noir de l'immobile espace,
Et l'horizon recule et s'élargit toujours;
Et, d'instants en instants, leur rumeur qui s'efface
Dans la nuit et la mort enfonce ses bruits sourds.

Les Taureaux

Les plaines de la mer, immobiles et nues,
Coupent d'un long trait d'or la profondeur des nues.
Seul, un rose brouillard, attardé dans les cieux,
Se tord languissamment comme un grêle reptile
Au faîte dentelé des monts silencieux.
Un souffle lent, chargé d'une ivresse subtile,
Nage sur la savane et les versants moussus
Où les taureaux aux poils lustrés, aux cornes hautes,
A l'œil cave et sanglant, musculeux et bossus,
Paissent l'herbe salée et rampante des côtes.

Deux nègres d'Antongil, maigres, les reins courbés,
Les coudes aux genoux, les paumes aux mâchoires,
Dans l'abêtissement d'un long rêve absorbés,
Assis sur les jarrets, fument leurs pipes noires.
Mais, sentant venir l'ombre et l'heure de l'enclos,
Le chef accoutumé de la bande farouche,
Une bave d'argent aux deux coins de la bouche,
Tend son mufle camus, et beugle sur les flots.

La Mort d'un Lion

Étant un vieux chasseur altéré de grand air
Et du sang noir des bœufs, il avait l'habitude
De contempler de haut les plaines et la mer,
Et de rugir en paix, libre en sa solitude.

Aussi, comme un damné qui rôde dans l'enfer,
Pour l'inepte plaisir de cette multitude
Il allait et venait dans sa cage de fer,
Heurtant les deux cloisons avec sa tête rude.

L'horrible sort, enfin, ne devant plus changer,
Il cessa brusquement de boire et de manger ;
Et la mort emporta son âme vagabonde.

O cœur toujours en proie à la rébellion,
Qui tournes, haletant, dans la cage du monde,
Lâche, que ne fais-tu comme a fait ce lion ?

Les Hurleurs

Le soleil dans les flots avait noyé ses flammes,
La ville s'endormait aux pieds des monts brumeux.
Sur de grands rocs lavés d'un nuage écumeux
La mer sombre en grondant versait ses hautes lames.

La nuit multipliait ce long gémissement.
Nul astre ne luisait dans l'immensité nue;
Seule, la lune pâle, en écartant la nue,
Comme une morne lampe oscillait tristement.

Monde muet, marqué d'un signe de colère,
Débris d'un globe mort au hasard dispersé,
Elle laissait tomber de son orbe glacé
Un reflet sépulcral sur l'océan polaire.

Sans borne, assise au Nord, sous les cieux étouffants,
L'Afrique, s'abritant d'ombre épaisse et de brume,
Affamait ses lions dans le sable qui fume,
Et couchait près des lacs ses troupeaux d'éléphants.

Mais sur la plage aride, aux odeurs insalubres,
Parmi des ossements de bœufs et de chevaux,
De maigres chiens, épars, allongeant leurs museaux,
Se lamentaient, poussant des hurlements lugubres.

La queue en cercle sous leurs ventres palpitants,
L'œil dilaté, tremblant sur leurs pattes fébriles,
Accroupis çà et là, tous hurlaient, immobiles,
Et d'un frisson rapide agités par instants.

L'écume de la mer collait sur leurs échines
De longs poils qui laissaient les vertèbres saillir;
Et, quand les flots par bonds les venaient assaillir,
Leurs dents blanches claquaient sous leurs rouges
[babines.

Devant la lune errante aux livides clartés,
Quelle angoisse inconnue, au bord des noires ondes,
Faisait pleurer une âme en vos formes immondes?
Pourquoi gémissiez-vous, spectres épouvantés?

Je ne sais; mais, ô chiens qui hurliez sur les plages,
Après tant de soleils qui ne reviendront plus,
J'entends toujours, du fond de mon passé confus,
Le cri désespéré de vos douleurs sauvages!

Les Larmes de l'Ours

Le roi des Runes vint des collines sauvages.
Tandis qu'il écoutait gronder la sombre mer,
L'ours rugir, et pleurer le bouleau des rivages,
Ses cheveux flamboyaient dans le brouillard amer.

Le Skalde immortel dit : — Quelle fureur t'assiège,
O sombre Mer ? Bouleau pensif du cap brumeux,
Pourquoi pleurer ? Vieil ours vêtu de poil de neige,
De l'aube au soir pourquoi te lamenter comme eux ?

— Roi des Runes ! lui dit l'Arbre au feuillage blême
Qu'un âpre souffle emplit d'un long frissonnement,
Jamais, sous le regard du bienheureux qui l'aime,
Je n'ai vu rayonner la vierge au col charmant.

— Roi des Runes ! jamais, dit la Mer infinie,
Mon sein froid n'a connu la splendeur de l'été.
J'exhale avec horreur ma plainte d'agonie,
Mais joyeuse, au soleil, je n'ai jamais chanté.

— Roi des Runes ! dit l'Ours, hérissant ses poils rudes,
Lui que ronge la faim, le sinistre chasseur,
Que ne suis-je l'agneau des tièdes solitudes
Qui paît l'herbe embaumée et vit plein de douceur ! —

Et le Skalde immortel prit sa harpe sonore :
Le chant sacré brisa les neuf sceaux de l'hiver ;
L'arbre frémit, baigné de rosée et d'aurore ;
Des rires éclatants coururent sur la Mer.

Et le grand Ours charmé se dressa sur ses pattes :
L'amour ravit le cœur du monstre aux yeux sanglants,
Et, par un double flot de larmes écarlates,
Ruissela de tendresse à travers ses poils blancs.

Le Sommeil du Condor

Par delà l'escalier des roides Cordillères,
Par delà les brouillards hantés des aigles noirs,
Plus haut que les sommets creusés en entonnoirs
Où bout le flux sanglant des laves familières,
L'envergure pendante et rouge par endroits,
Le vaste Oiseau, tout plein d'une morne indolence,
Regarde l'Amérique et l'espace en silence,
Et le sombre soleil qui meurt dans ses yeux froids.
La nuit roule de l'Est, où les pampas sauvages
Sous les monts étagés s'élargissent sans fin;

Elle endort le Chili, les villes, les rivages,
Et la mer Pacifique et l'horizon divin;
Du continent muet elle s'est emparée :
Des sables aux coteaux, des gorges aux versants,
De cime en cime, elle enfle, en tourbillons croissants,
Le lourd débordement de sa haute marée.
Lui, comme un spectre, seul, au front du pic altier,
Baigné d'une lueur qui saigne sur la neige,
Il attend cette mer sinistre qui l'assiège :
Elle arrive, déferle, et le couvre en entier.
Dans l'abîme sans fond la Croix australe allume
Sur les côtes du ciel son phare constellé.
Il râle de plaisir, il agite sa plume,
Il érige son cou musculeux et pelé,
Il s'enlève en fouettant l'âpre neige des Andes,
Dans un cri rauque il monte où n'atteint pas le vent,
Et, loin du globe noir, loin de l'astre vivant,
Il dort dans l'air glacé, les ailes toutes grandes.

Le Colibri

Le vert colibri, le roi des collines,
Voyant la rosée et le soleil clair
Luire dans son nid tissé d'herbes fines,
Comme un frais rayon s'échappe dans l'air.

Il se hâte et vole aux sources voisines
Où les bambous font le bruit de la mer,
Où l'açoka rouge, aux odeurs divines,
S'ouvre et porte au cœur un humide éclair.

Vers la fleur dorée il descend, se pose,
Et boit tant d'amour dans la coupe rose,
Qu'il meurt, ne sachant s'il l'a pu tarir.

Sur ta lèvre pure, ô ma bien-aimée,
Telle aussi mon âme eût voulu mourir
Du premier baiser qui l'a parfumée !

La Vérandah

Au tintement de l'eau dans les porphyres roux
Les rosiers de l'Iran mêlent leurs frais murmures,
Et les ramiers rêveurs leurs roucoulements doux.
Tandis que l'oiseau grêle et le frelon jaloux,
Sifflant et bourdonnant, mordent les figues mûres,
Les rosiers de l'Iran mêlent leurs frais murmures
Au tintement de l'eau dans les porphyres roux.

Sous les treillis d'argent de la vérandah close,
Dans l'air tiède embaumé de l'odeur des jasmins,
Où la splendeur du jour darde une flèche rose,
La Persane royale, immobile, repose,
Derrière son col brun croisant ses belles mains,
Dans l'air tiède, embaumé de l'odeur des jasmins,
Sous les treillis d'argent de la vérandah close.

Jusqu'aux lèvres que l'ambre arrondi baise encor,
Du cristal d'où s'échappe une vapeur subtile
Qui monte en tourbillons légers et prend l'essor,
Sur les coussins de soie écarlate, aux fleurs d'or,
La branche du hûka rôde comme un reptile
Du cristal d'où s'échappe une vapeur subtile
Jusqu'aux lèvres que l'ambre arrondi baise encor.

Deux rayons noirs, chargés d'une muette ivresse,
Sortent de ses longs yeux entr'ouverts à demi;
Un songe l'enveloppe, un souffle la caresse;
Et parce que l'effluve invincible l'oppresse,
Parce que son beau sein qui se gonfle a frémi,

Sortent de ses longs yeux entr'ouverts à demi.
Deux rayons noirs, chargés d'une muette ivresse.

Et l'eau vive s'endort dans les porphyres roux,
Les rosiers de l'Iran ont cessé leurs murmures,
Et les ramiers rêveurs leurs roucoulements doux.
Tout se tait. L'oiseau grêle et le frelon jaloux
Ne se querellent plus autour des figues mûres.
Les rosiers de l'Iran ont cessé leurs murmures,
Et l'eau vive s'endort dans les porphyres roux.

L'Oasis

Derrière les coteaux stériles de Kobbé
Comme un bloc rouge et lourd le soleil est tombé,
Un vol de vautours passe et semble le poursuivre.
Le ciel terne est rayé de nuages de cuivre;
Et de sombres lueurs, vers l'Est, traînent encor,
Pareilles aux lambeaux de quelque robe d'or.
Le rugueux Sennaar, jonché de pierres rousses
Qui hérissent le sable ou déchirent les mousses,
A travers la vapeur de ses marais malsains
Ondule jusqu'au pied des versants Abyssins.

La nuit tombe. On entend les koukals aux cris aigres.
Les hyènes, secouant le poil de leurs dos maigres,
De buissons en buissons se glissent en râlant.
L'hippopotame souffle aux berges du Nil blanc
Et vautre, dans les joncs rigides qu'il écrase,
Son ventre rose et gras tout cuirassé de vase.
Autour des flaques d'eau saumâtre où les chakals
Par bandes viennent boire, en longeant les nopals,
L'aigu fourmillement des stridentes bigaylles
S'épaissit et tournoie au-dessus des broussailles;
Tandis que, du désert en Nubie emporté,
Un vent âcre, chargé de chaude humidité,
Avec une rumeur vague et sinistre, agite
Les rudes palmiers-doums où l'ibis fait son gîte.

Voici ton heure, ô roi du Sennaar, ô chef
Dont le soleil endort le rugissement bref.
Sous la roche concave et pleine d'os qui luisent,
Contre l'âpre granit tes ongles durs s'aiguisent.
Arquant tes souples reins fatigués du repos,
Et ta crinière jaune éparse sur le dos,
Tu te lèves, tu viens d'un pas mélancolique

Aspirer l'air du soir sur ton seuil famélique,
Et, le front haut, les yeux à l'horizon dormant,
Tu regardes l'espace et rugis sourdement.
Sur la lividité du ciel la lune froide
De la proche oasis découpe l'ombre roide,
Où, las d'avoir marché par les terrains bourbeux,
Les hommes du Darfour font halte avec leurs bœufs.
Ils sont couchés là-bas auprès de la citerne
Dont un rayon de lune argente l'onde terne.
Les uns, ayant mangé le mil et le maïs,
S'endorment en parlant du retour au pays;
Ceux-ci, pleins de langueur, rêvant de grasses herbes
Et le mufle enfoui dans leurs fanons superbes,
Ruminent lentement sur leur lit de graviers.
A toi la chair des bœufs ou la chair des bouviers!
Le vent a consumé leurs feux de ronce sèche;
Ta narine s'emplit d'une odeur vive et fraîche,
Ton ventre bat, la faim hérisse tes cheveux,
Et tu plonges dans l'ombre en quelques bonds nerveux.

La Fontaine aux Lianes

Comme le flot des mers ondulant vers les plages,
O bois, vous déroulez, pleins d'arome et de nids,
Dans l'air splendide et bleu, vos houles de feuillages ;
Vous êtes toujours vieux et toujours rajeunis.

Le temps a respecté, rois aux longues années,
Vos grands fronts couronnés de lianes d'argent ;
Nul pied ne foulera vos feuilles non fanées :
Vous verrez passer l'homme et le monde changeant.

Vous inclinez d'en haut, au penchant des ravines,
Vos rameaux lents et lourds qu'ont brûlés les éclairs ;
Qu'il est doux le repos de vos ombres divines,
Aux soupirs de la brise, aux chansons des flots clairs !

Le soleil de midi fait palpiter vos sèves ;
Vous siégez, revêtus de sa pourpre, et sans voix ;
Mais la nuit, épanchant la rosée et les rêves,
Apaise et fait chanter les âmes et les bois.

Par delà les verdeurs des zones maternelles
Où vous poussez d'un jet vos troncs inébranlés,
Seules, plus près du ciel, les neiges éternelles
Couvrent de leurs plis blancs les pics immaculés.

O bois natals, j'errais sous vos larges ramures ;
L'aube aux flancs noirs des monts marchait d'un pas
La mer avec lenteur éveillait ses murmures, [vermeil ;
Et de tout œil vivant fuyait le doux sommeil.

Au bord des nids, ouvrant ses ailes longtemps closes,
L'oiseau disait le jour avec un chant plus frais
Que la source agitant les verts buissons de roses,
Que le rire amoureux du vent dans les forêts.

Les abeilles sortaient des ruches naturelles
Et par essaims vibraient au soleil matinal ;
Et, livrant le trésor de leurs corolles frêles,
Chaque fleur répandait sa goutte de cristal.

Et le ciel descendait dans les claires rosées
Dont la montagne bleue au loin étincelait ;
Un mol enceus fumait des plantes arrosées
Vers la sainte nature à qui mon cœur parlait.

Au fond des bois baignés d'une vapeur céleste,
Il était une eau vive où rien ne remuait ;
Quelques joncs verts, gardiens de la fontaine agreste,
S'y penchaient au hasard en un groupe muet.

Les larges nénuphars, les lianes errantes,
Blancs archipels, flottaient enlacés sur les eaux.
Et dans leurs profondeurs vives et transparentes
Brillait un autre ciel où nageaient les oiseaux.

O fraîcheur des forêts, sérénité première,
O vents qui caressiez les feuillages chanteurs,
Fontaine aux flots heureux où jouait la lumière,
Éden épanoui sur les vertes hauteurs!

Salut, ô douce paix, et vous, pures haleines,
Et vous qui descendiez du ciel et des rameaux,
Repos du cœur, oubli de la joie et des peines!
Salut! ô sanctuaire interdit à nos maux!

Et, sous le dôme épais de la forêt profonde,
Aux réduits du lac bleu dans les bois épanché,
Dormait, enveloppé du suaire de l'onde,
Un mort, les yeux au ciel, sur le sable couché.

Il ne sommeillait pas, calme comme Ophélie,
Et souriant comme elle, et les bras sur le sein ;
Il était de ces morts que bientôt on oublie ;
Pâle et triste, il songeait au fond du clair bassin.

La tête au dur regard reposait sur la pierre ;
Aux replis de la joue où le sable brillait,
On eût dit que des pleurs tombaient de la paupière
Et que le cœur encor par instants tressaillait.

Sur les lèvres errait la sombre inquiétude.
Immobile, attentif, il semblait écouter
Si quelque pas humain, troublant la solitude,
De son suprême asile allait le rejeter.

Jeune homme, qui choisis pour ta couche azurée
La fontaine des bois aux flots silencieux,
Nul ne sait la liqueur qui te fut mesurée
Au calice éternel des esprits soucieux.

De quelles passions ta jeunesse assaillie
Vint-elle ici chercher le repos dans la mort?
Ton âme à son départ ne fut pas recueillie,
Et la vie a laissé sur ton front un remord.

Pourquoi jusqu'au tombeau cette tristesse amère?
Ce cœur s'est-il brisé pour avoir trop aimé?
La blanche illusion, l'espérance éphémère
En s'envolant au ciel l'ont-elles vu fermé?

Tu n'es pas né sans doute au bord des mers dorées,
Et tu n'as pas grandi sous les divins palmiers;
Mais l'avare soleil des lointaines contrées
N'a pas mûri la fleur de tes songes premiers.

A l'heure où de ton sein la flamme fut ravie,
O jeune homme qui vins dormir en ces beaux lieux,
Une image divine et toujours poursuivie,
Un ciel mélancolique ont passé dans tes yeux.

Si ton âme ici-bas n'a pas brisé sa chaîne,
Si la source au flot pur n'a point lavé tes pleurs,
Si tu ne peux partir pour l'étoile prochaine,
Reste, épuise la vie et tes chères douleurs!

Puis, ô pâle étranger, dans ta fosse bleuâtre,
Libre des maux soufferts et d'une ombre voilé,
Que la nature au moins ne te soit point marâtre!
Repose entre ses bras, paisible et consolé.

Tel je songeais. Les bois, sous leur ombre odorante,
Épanchant un concert que rien ne peut tarir,
Sans m'écouter, berçaient leur gloire indifférente,
Ignorant que l'on souffre et qu'on puisse en mourir.

La fontaine limpide, en sa splendeur native,
Réfléchissait toujours les cieux de flamme emplis,
Et sur ce triste front nulle haleine plaintive
De flots riants et purs ne vint rider les plis.

Sur les blancs nénuphars l'oiseau ployant ses ailes
Buvait de son bec rose en ce bassin charmant,
Et, sans penser aux morts, tout couvert d'étincelles,
Volait sécher sa plume au tiède firmament.

La nature se rit des souffrances humaines ;
Ne contemplant jamais que sa propre grandeur,
Elle dispense à tous ses forces souveraines
Et garde pour sa part le calme et la splendeur.

La Ravine Saint-Gilles

La gorge est pleine d'ombre où, sous les bambous grêles,
Le soleil au zénith n'a jamais resplendi,
Où les filtrations des sources naturelles
S'unissent au silence enflammé de midi.

De la lave durcie aux fissures moussues,
Au travers des lichens l'eau tombe en ruisselant,
S'y perd, et, se creusant de soudaines issues,
Germe et circule au fond parmi le gravier blanc.

Un bassin aux reflets d'un bleu noir y repose,
Morne et glacé, tandis que, le long des blocs lourds,
La liane en treillis suspend sa cloche rose,
Entre d'épais gazons aux touffes de velours.

Sur les rebords saillants où le cactus éclate,
Errant des vétivers aux aloès fleuris,
Le cardinal, vêtu de sa plume écarlate,
En leurs nids cotonneux trouble les colibris.

Les martins au bec jaune et les vertes perruches,
Du haut des pics aigus, regardent l'eau dormir;
Et, dans un rayon vif, autour des noires ruches,
On entend un vol d'or tournoyer et frémir.

Soufflant leur vapeur chaude au-dessus des arbustes,
Suspendus au sentier d'herbe rude entravé,
Des bœufs de Tamatave, indolents et robustes,
Hument l'air du ravin que l'eau vive a lavé;

Et les grands papillons aux ailes magnifiques,
La rose sauterelle, en ses bonds familiers,
Sur leur bosse calleuse et leurs reins pacifiques
Sans peur du fouet velu se posent par milliers.

A la pente du roc que la flamme pénètre,
Le lézard souple et long s'enivre de sommeil,
Et, par instants, saisi d'un frisson de bien-être,
Il agite son dos d'émeraude au soleil.

Sous les réduits de mousse où les cailles replètes
De la chaude savane évitent les ardeurs,
Glissant sur le velours de leurs pattes discrètes,
L'œil mi-clos de désir, rampent les chats rôdeurs.

Et quelque Noir, assis sur un quartier de lave,
Gardien des bœufs épars paissant l'herbage amer,
Un haillon rouge aux reins, fredonne un air saklave,
Et songe à la grande Ile en regardant la mer.

Ainsi, sur les deux bords de la gorge profonde,
Rayonne, chante et rêve, en un même moment,
Toute forme vivante et qui fourmille au monde;
Mais formes, sons, couleurs, s'arrêtent brusquement.

Plus bas, tout est muet et noir au sein du gouffre,
Depuis que la montagne, en émergeant des flots,
Rugissante, et par jets de granit et de soufre,
Se figea dans le ciel et connut le repos.

A peine une échappée, étincelante et bleue,
Laisse-t-elle entrevoir, en un pan du ciel pur,
Vers Rodrigue ou Ceylan le vol des paille-en-queue,
Comme un flocon de neige égaré dans l'azur.

Hors ce point lumineux qui sur l'onde palpite,
La ravine s'endort dans l'immobile nuit;
Et quand un roc miné d'en haut s'y précipite,
Il n'éveille pas même un écho de son bruit.

Pour qui sait pénétrer, Nature, dans tes voies,
L'illusion t'enserre et ta surface ment :
Au fond de tes fureurs, comme au fond de tes joies,
Ta force est sans ivresse et sans emportement.

Tel, parmi les sanglots, les rires et les haines,
Heureux qui porte en soi, d'indifférence empli,
Un impassible cœur sourd aux rumeurs humaines,
Un gouffre inviolé de silence et d'oubli !

La vie a beau frémir autour de ce cœur morne,
Muet comme un ascète absorbé par son Dieu ;
Tout roule sans écho dans son ombre sans borne,
Et rien n'y luit du ciel, hormis un trait de feu.

Mais ce peu de lumière à ce néant fidèle,
C'est le reflet perdu des espaces meilleurs !
C'est ton rapide éclair, Espérance éternelle,
Qui l'éveille en sa tombe et le convie ailleurs !

La Forêt vierge

Depuis le jour antique où germa sa semence,
Cette forêt sans fin, aux feuillages houleux,
S'enfonce puissamment dans les horizons bleus
Comme une sombre mer qu'enfle un soupir immense.

Sur le sol convulsif l'homme n'était pas né
Qu'elle emplissait déjà, mille fois séculaire,
De son ombre, de son repos, de sa colère,
Un large pan du globe encore décharné.

Dans le vertigineux courant des heures brèves,
Du sein des grandes eaux, sous les cieux rayonnants,
Elle a vu tour à tour jaillir des continents
Et d'autres s'engloutir au loin, tels que des rêves.

Les étés flamboyants sur elle ont resplendi,
Les assauts furieux des vents l'ont secouée,
Et la foudre à ses troncs en lambeaux s'est nouée ;
Mais en vain : l'indomptable a toujours reverdi.

Elle roule, emportant ses gorges, ses cavernes,
Ses blocs moussus, ses lacs hérissés et fumants
Où, par les mornes nuits, geignent les caïmans
Dans les roseaux bourbeux où luisent leurs yeux ternes ;

Ses gorilles ventrus hurlant à pleine voix,
Ses éléphants gercés comme une vieille écorce,
Qui, rompant les halliers effondrés de leur force,
S'enivrent de l'horreur ineffable des bois ;

Ses buffles au front plat, irritables et louches,
Enfouis dans la vase épaisse des grands trous,
Et ses lions rêveurs traînant leurs cheveux roux
Et balayant du fouet l'essaim strident des mouches;

Ses fleuves monstrueux, débordants, vagabonds,
Tombés des pics lointains, sans noms et sans rivages,
Qui versent brusquement leurs écumes sauvages
De gouffre en gouffre avec d'irrésistibles bonds.

Et des ravins, des rocs, de la fange, du sable,
Des arbres, des buissons, de l'herbe, incessamment
Se prolonge et s'accroît l'ancien rugissement
Qu'a toujours exhalé son sein impérissable.

Les siècles ont coulé, rien ne s'est épuisé,
Rien n'a jamais rompu sa vigueur immortelle;
Il faudrait, pour finir, que, trébuchant sous elle,
La terre s'écroulât comme un vase brisé.

O forêt ! Ce vieux globe a bien des ans à vivre ;
N'en attends point le terme et crains tout de demain.
O mère des lions, ta mort est en chemin,
Et la hache est au flanc de l'orgueil qui t'enivre.

Sur cette plage ardente où tes rudes massifs,
Courbant le dôme lourd de leur verdeur première,
Font de grands morceaux d'ombre entourés de lumière
Où méditent debout tes éléphants pensifs ;

Comme une irruption de fourmis en voyage
Qu'on écrase et qu'on brûle et qui marchent toujours,
Les flots t'apporteront le roi des derniers jours,
Le destructeur des bois, l'homme au pâle visage.

Il aura tant rongé, tari jusqu'à la fin
Le monde où pullulait sa race inassouvie,
Qu'à ta pleine mamelle où regorge la vie
Il se cramponnera dans sa soif et sa faim.

Il déracinera tes baobabs superbes,
Il creusera le lit de tes fleuves domptés;
Et tes plus forts enfants fuiront épouvantés
Devant ce vermisseau plus frêle que tes herbes.

Mieux que la foudre errant à travers tes fourrés,
Sa torche embrasera coteau, vallon et plaine;
Tu t'évanouiras au vent de son haleine;
Son œuvre grandira sur tes débris sacrés.

Plus de fracas sonore aux parois des abîmes;
Des rires, des bruits vils, des cris de désespoir,
Entre des murs hideux un fourmillement noir;
Plus d'arceaux de feuillage aux profondeurs sublimes.

Mais tu pourras dormir, vengée et sans regret,
Dans la profonde nuit où tout doit redescendre :
Les larmes et le sang arroseront ta cendre,
Et tu rejailliras de la nôtre, ô forêt!

L'Aurore

La nue était d'or pâle; et, d'un ciel doux et frais,
Sur les jaunes bambous, sur les rosiers épais,
Sur la mousse gonflée et les safrans sauvages,
D'étroits rayons filtraient à travers les feuillages.
Un arome léger d'herbe et de fleurs montait;
Un murmure infini dans l'air subtil flottait ;
Chœur des Esprits cachés, âmes de toutes choses,
Qui font chanter la source et s'entr'ouvrir les roses;
Dieux jeunes, bienveillants, rois d'un monde enchanté
Où s'unissent d'amour la force et la beauté.

La brume bleue errait aux pentes des ravines;
Et, de leurs becs pourprés lissant leurs ailes fines,
Les blonds sénégalis, dans les gérofliers
D'une eau pure trempés, s'éveillaient par milliers.
La mer était sereine, et sur la houle claire
L'aube vive dardait sa flèche de lumière;
La montagne nageait dans l'air éblouissant
Avec ses verts coteaux de maïs mûrissant,
Et ses cônes d'azur, et ses forêts bercées
Aux brises du matin sur les flots élancées;
Et l'île, rougissante et lasse du sommeil,
Chantait et souriait aux baisers du soleil.

O jeunesse sacrée, irréparable joie,
Félicité perdue, où l'âme en pleurs se noie!
O lumière, ô fraîcheur des monts calmes et bleus,
Des coteaux et des bois feuillagés onduleux,
Aube d'un jour divin, chant des mers fortunées,
Florissante vigueur de mes belles années...
Vous vivez, vous chantez, vous palpitez encor,
Saintes réalités, dans vos horizons d'or!
Mais, ô nature, ô ciel, flots sacrés, monts sublimes,

Bois dont les vents amis font murmurer les cimes,
Formes de l'idéal, magnifiques aux yeux,
Vous avez disparu de mon cœur oublieux!
Et voici que, lassé de voluptés amères,
Haletant du désir de mes mille chimères,
Hélas! j'ai désappris les hymnes d'autrefois,
Et que mes dieux trahis n'entendent plus ma voix.

Un Coucher de Soleil

Sur la côte d'un beau pays,
Par delà les flots Pacifiques,
Deux hauts palmiers épanouis
Bercent leurs palmes magnifiques.

A leur ombre, tel qu'un Nabab
Qui, vers midi, rêve et repose,
Dort un grand tigre du Pendj-Ab,
Allongé sur le sable rose;

Et, le long des fûts lumineux,
Comme au paradis des genèses,
Deux serpents enroulent leurs nœuds
Dans une spirale de braises.

Auprès, un golfe de satin,
Où le feuillage se reflète,
Baigne un vieux palais byzantin
De brique rouge et violette.

Puis, des cygnes noirs, par milliers,
L'aile ouverte au vent qui s'y joue,
Ourlent, au bas des escaliers,
L'eau diaphane avec leur proue.

L'horizon est immense et pur;
A peine voit-on, aux cieux calmes,
Descendre et monter dans l'azur
La palpitation des palmes.

Mais voici qu'au couchant vermeil
L'oiseau Rok s'enlève, écarlate :
Dans son bec il tient le soleil,
Et des foudres dans chaque patte.

Sur le poitrail du vieil oiseau,
Qui fume, pétille et s'embrase,
L'astre coule et fait un ruisseau
Couleur d'or, d'ambre et de topaze.

Niagara resplendissant,
Ce fleuve s'écroule aux nuées,
Et rejaillit en y laissant
Des écumes d'éclairs trouées.

Soudain le géant Orion,
Ou quelque sagittaire antique,
Du côté du septentrion
Dresse sa stature athlétique.

Le chasseur tend son arc de fer
Tout rouge au sortir de la forge,
Et, faisant un pas sur la mer,
Transperce le Rok à la gorge.

D'un coup d'aile l'oiseau sanglant
S'enfonce à travers l'étendue;
Et le soleil tombe en brûlant,
Et brise sa masse éperdue.

Alors des volutes de feu
Dévorent d'immenses prairies,
S'élancent, et, du zénith bleu,
Pleuvent en flots de pierreries.

Sur la face du ciel mouvant
Gisent de flamboyants décombres;
Un dernier jet exhale au vent
Des tourbillons de pourpre et d'ombres;

Et, se dilatant par bonds lourds,
Muette, sinistre, profonde,
La nuit traîne son noir velours
Sur la solitude du monde.

Effet de Lune

Sous la nue où le vent qui roule
Mugit comme un troupeau de bœufs,
Dans l'ombre la mer dresse en foule
Les cimes de ses flots bourbeux.

Tous les démons de l'Atlantique,
Cheveux épars et bras tordus,
Dansent un sabbat fantastique
Autour des marins éperdus.

Souffleurs, cachalots et baleines,
Mâchant l'écume, ivres de bruit,
Mêlent leurs bonds et leurs haleines
Aux convulsions de la nuit.

Assiégé d'écumes livides,
Le navire, sous ce fardeau,
S'enfonce aux solitudes vides,
Creusant du front les masses d'eau.

Il se cabre, tremble, s'incline,
S'enlève de l'Océan noir,
Et du sommet d'une colline
Tournoie au fond d'un entonnoir.

Et nul astre au ciel lourd ne flotte ;
Toujours un fracas rauque et dur
D'un souffle égal hurle et sanglote
Au travers de l'espace obscur.

Du côté vague où l'on gouverne,
Brusquement, voici qu'au regard
S'entr'ouvre une étroite caverne
Où palpite un reflet blafard

Bientôt, du faîte de ce porche
Qui se hausse en s'élargissant,
On voit pendre, lugubre torche,
Une moitié de lune en sang.

Le vent furieux la travaille,
Et l'éparpille quelquefois
En rouges flammèches de paille
Contre les géantes parois;

Mais, dans cet antre, à pleines voiles,
Le navire, hors de l'enfer,
S'élance au-devant des étoiles,
Couvert des baves de la mer.

La Chute des Étoiles

Tombez, ô perles dénouées,
Pâles étoiles, dans la mer.
Un brouillard de roses nuées
Émerge de l'horizon clair ;
A l'Orient plein d'étincelles
Le vent joyeux bat de ses ailes
L'onde que brode un vif éclair.
Tombez, ô perles immortelles,
Pâles étoiles, dans la mer.

Plongez sous les écumes fraîches
De l'Océan mystérieux.
La lumière crible de flèches
Le faîte des monts radieux;
Mille et mille cris, par fusées,
Sortent des bois lourds de rosées;
Une musique vole aux cieux.
Plongez, de larmes arrosées,
Dans l'Océan mystérieux.

Fuyez, astres mélancoliques,
O Paradis lointains encor!
L'aurore aux lèvres métalliques
Rit dans le ciel et prend l'essor;
Elle se vêt de molles flammes,
Et sur l'émeraude des lames
Fait pétiller des gouttes d'or.
Fuyez, mondes où vont les âmes,
O Paradis lointains encor!

Allez, étoiles, aux nuits douces,
Aux cieux muets de l'Occident.

Sur les feuillages et les mousses
Le soleil darde un œil ardent;
Les cerfs, par bonds, dans les vallées,
Se baignent aux sources troublées;
Le bruit des hommes va grondant.
Allez, ô blanches exilées,
Aux cieux muets de l'Occident.

Heureux qui vous suit, clartés mornes,
O lampes qui versez l'oubli!
Comme vous, dans l'ombre sans bornes,
Heureux qui roule enseveli!
Celui-là vers la paix s'élance :
Haine, amour, larmes, violence,
Ce qui fut l'homme est aboli.
Donnez-nous l'éternel silence,
O lampes qui versez l'oubli!

Christine

Une étoile d'or là-bas illumine
Le bleu de la nuit, derrière les monts;
La lune blanchit la verte colline :
Pourquoi pleures-tu, petite Christine?
Il est tard, dormons.

— Mon fiancé dort sous la noire terre,
Dans la froide tombe il rêve de nous.
Laissez-moi pleurer, ma peine est amère,
Laissez-moi gémir et veiller, ma mère :
Les pleurs me sont doux. —

La mère repose, et Christine pleure,
Immobile auprès de l'âtre noirci.
Au long tintement de la douzième heure,
Un doigt léger frappe à l'humble demeure :
— Qui donc vient ici?

— Tire le verrou, Christine, ouvre vite :
C'est ton jeune ami, c'est ton fiancé.
Un suaire étroit à peine m'abrite;
J'ai quitté pour toi, ma chère petite,
Mon tombeau glacé. —

Et cœur contre cœur tous deux ils s'unissent.
Chaque baiser dure une éternité :
Les baisers d'amour jamais ne finissent.
Ils causent longtemps; mais les heures glissent,
Le coq a chanté.

Le coq a chanté, voici l'aube claire;
L'étoile s'éteint, le ciel est d'argent.
— Adieu, mon amour, souviens-toi, ma chère!
Les morts vont rentrer dans la noire terre
Jusqu'au jugement.

— O mon fiancé, souffres-tu, dit-elle,
Quand le vent d'hiver gémit dans les bois,
Quand la froide pluie aux tombeaux ruisselle ?
Pauvre ami, couché dans l'ombre éternelle,
Entends-tu ma voix ?

— Au rire joyeux de ta lèvre rose,
Mieux qu'au soleil d'or le pré rougissant,
Mon cercueil s'emplit de feuilles de rose ;
Mais tes pleurs amers dans ma tombe close
Font pleuvoir du sang.

Ne pleure jamais ! Ici-bas tout cesse,
Mais le vrai bonheur nous attend au ciel.
Si tu m'as aimé, garde ma promesse :
Dieu nous rendra tout, amour et jeunesse,
Au jour éternel.

— Non ! je t'ai donné ma foi virginale ;
Pour me suivre aussi, ne mourrais-tu pas ?
Non ! je veux dormir ma nuit nuptiale,
Blanche, à tes côtés, sous la lune pâle,
Morte entre tes bras ! —

Lui ne répond rien. Il marche et la guide.
A l'horizon bleu le soleil paraît.
Ils hâtent alors leur course rapide,
Ils vont, traversant sur la mousse humide
La longue forêt.

Voici les pins noirs du vieux cimetière.
— Adieu, quitte-moi, reprends ton chemin :
Mon unique amour, entends ma prière ! —
Mais Elle au tombeau descend la première,
Et lui tend la main.

Et, depuis ce jour, sous la croix de cuivre,
Dans la même tombe ils dorment tous deux.
O sommeil divin dont le charme enivre !
Ils aiment toujours. Heureux qui peut vivre
Et mourir comme eux !

La Fille de l'Émyr

Un beau soir revêt de chaudes couleurs
Les massifs touffus pleins d'oiseaux siffleurs
Qui, las de chansons, de jeux, de querelles,
Le col sous la plume, et près de dormir,
Écoutent encor doucement frémir
L'onde aux gerbes grêles.

D'un ciel attiédi le souffle léger
Dans le sycomore et dans l'oranger
Verse en se jouant ses vagues murmures;
Et sur le velours des gazons épais
L'ombre diaphane et la molle paix
Tombent des ramures.

C'est l'heure où s'en vient la vierge Ayscha
Que le vieil Émyr, tout le jour, cacha
Sous la persienne et les fines toiles,
Montrer, seule et libre, aux jalouses nuits,
Ses yeux charmants, purs de pleurs et d'ennuis,
Tels que deux étoiles.

Son père qui l'aime, Abd-en-Nur-ed-Din,
Lui permet d'errer dans ce frais jardin,
Quand le jour qui brûle au couchant décline
Et, laissant Cordoue aux dômes d'argent,
Dore, à l'horizon, d'un reflet changeant,
La haute colline.

Allant et venant, du myrte au jasmin,
Elle se promène et songe en chemin.
Blanc, rose, à demi hors de la babouche,
Dans l'herbe et les fleurs brille son pied nu;
Un air d'innocence, un rire ingénu
Flotte sur sa bouche.

Le long des rosiers elle marche ainsi.
La nuit est venue, et, soudain, voici
Qu'une voix sonore et tendre la nomme.
Surprise, Ayscha découvre en tremblant
Derrière elle, calme et vêtu de blanc,
Un pâle jeune homme.

Il est noble et grand comme Gabriel
Qui mena jadis au septième ciel
L'envoyé d'Allah, le très saint Prophète.
De ses cheveux blonds le rayonnement
L'enveloppe et fait luire chastement
Sa beauté parfaite.

Ayscha le voit, l'admire et lui dit :
— Jeune homme, salut! Ton front resplendit
Et tes yeux sont pleins de lueurs étranges.
Parle, tous tes noms, quels sont-ils? Dis-les.
N'es-tu point khalife? As-tu des palais?
Es-tu l'un des anges? —

Le jeune homme alors dit en souriant :
— Je suis fils de roi, je viens d'Orient;
Mon premier palais fut un toit de chaume,
Mais le monde entier ne peut m'enfermer.
Je te donnerai, si tu veux m'aimer,
Mon riche royaume.

— Oui, dit Ayscha, je le veux. Allons!
Mais comment sortir, si nous ne volons
Comme les oiseaux? Moi, je n'ai point d'ailes;
Et, sous le grand mur de fer hérissé,
Abd-en-Nur-ed-Din, mon père, a placé
Des gardes fidèles.

— L'amour est plus fort que le fin acier.
Mieux que sur les monts l'aigle carnassier,
Et plus haut, l'amour monte et va sans trêve.
Qui peut résister à l'amour divin?
Auprès de l'amour, enfant, tout est vain
Et tout n'est qu'un rêve! —

Maison, grilles, murs rentrent dans la nuit;
Le jardin se trouble et s'évanouit.
Ils s'en vont tous deux à travers la plaine,
Longtemps, bien longtemps, et l'enfant, hélas!
Sent les durs cailloux meurtrir ses pieds las
Et manque d'haleine.

— O mon cher seigneur, Allah m'est témoin
Que je t'aime, mais ton royaume est loin!
Arriverons-nous avant que je meure?
Mon sang coule, j'ai bien soif et bien faim! —
Une maison noire apparaît enfin.
— Voici ma demeure.

Mon nom est Jésus. Je suis le Pêcheur
Qui prend dans ses rets l'âme en sa fraîcheur.
Je t'aime, Ayscha; calme tes alarmes;
Car, pour enrichir ta robe d'hymen,
Vois, j'ai recueilli, fleur de l'Yémen,
Ton sang et tes larmes!

Tu me reverras du cœur et des yeux,
Et je te réserve, enfant, dans mes cieux,
La vie éternelle après cette terre! —
Parmi les vivants morte désormais,
La vierge Ayscha ne sortit jamais
Du noir monastère.

Le Sommeil de Leïlah

Ni bruits d'aile, ni sons d'eau vive, ni murmures;
La cendre du soleil nage sur l'herbe en fleur,
Et de son bec furtif le bengali siffleur
Boit, comme un sang doré, le jus des mangues mûres.

Dans le verger royal où rougissent les mûres,
Sous le ciel clair qui brûle et n'a plus de couleur,
Leïlah, languissante et rose de chaleur,
Clôt ses yeux aux longs cils à l'ombre des ramures.

Son front ceint de rubis presse son bras charmant;
L'ambre de son pied nu colore doucement
Le treillis emperlé de l'étroite babouche.

Elle rit et sommeille et songe au bien-aimé,
Telle qu'un fruit de pourpre, ardent et parfumé,
Qui rafraîchit le cœur en altérant la bouche.

Le Manchy

Sous un nuage frais de claire mousseline,
Tous les dimanches au matin,
Tu venais à la ville en manchy de rotin,
Par les rampes de la colline.

La cloche de l'église alertement tintait;
Le vent de mer berçait les cannes;
Comme une grêle d'or, aux pointes des savanes,
Le feu du soleil crépitait.

Le bracelet aux poings, l'anneau sur la cheville,
Et le mouchoir jaune aux chignons,
Deux Telingas portaient, assidus compagnons,
Ton lit aux nattes de Manille.

Ployant leur jarret maigre et nerveux, et chantant,
Souples dans leurs tuniques blanches,
Le bambou sur l'épaule et les mains sur les hanches,
Ils allaient le long de l'Étang.

Le long de la chaussée et des varangues basses
Où les vieux créoles fumaient,
Par les groupes joyeux des Noirs, ils s'animaient
Au bruit des bobres Madécasses.

Dans l'air léger flottait l'odeur des tamarins;
Sur les houles illuminées,
Au large, les oiseaux, en d'immenses traînées,
Plongeaient dans les brouillards marins.

Et tandis que ton pied, sorti de la babouche,
Pendait, rose, au bord du manchy,
A l'ombre des Bois-noirs touffus et du Letchi
Aux fruits moins pourprés que ta bouche :

Tandis qu'un papillon, les deux ailes en fleur,
Teinté d'azur et d'écarlate,
Se posait par instants sur ta peau délicate
En y laissant de sa couleur ;

On voyait, au travers du rideau de batiste,
Tes boucles dorer l'oreiller,
Et, sous leurs cils mi-clos, feignant de sommeiller,
Tes beaux yeux de sombre améthyste.

Tu t'en venais ainsi, par ces matins si doux,
De la montagne à la grand'messe,
Dans ta grâce naïve et ta rose jeunesse,
Au pas rythmé de tes Hindous.

Maintenant, dans le sable aride de nos grèves,
Sous les chiendents, au bruit des mers,
Tu reposes parmi les morts qui me sont chers,
O charme de mes premiers rêves!

Les Elfes

Couronnés de thym et de marjolaine,
Les Elfes joyeux dansent sur la plaine.

Du sentier des bois aux daims familiers,
Sur un noir cheval, sort un chevalier.
Son éperon d'or brille en la nuit brune;
Et, quand il traverse un rayon de lune,
On voit resplendir, d'un reflet changeant,
Sur sa chevelure un casque d'argent.

Couronnés de thym et de marjolaine,
Les Elfes joyeux dansent sur la plaine.

Ils l'entourent tous d'un essaim léger
Qui dans l'air muet semble voltiger.
— Hardi chevalier, par la nuit sereine,
Où vas-tu si tard? dit la jeune Reine.
De mauvais esprits hantent les forêts;
Viens danser plutôt sur les gazons frais. —

Couronnés de thym et de marjolaine,
Les Elfes joyeux dansent sur la plaine.

— Non! ma fiancée aux yeux clairs et doux
M'attend, et demain nous serons époux.
Laissez-moi passer, Elfes des prairies,
Qui foulez en rond les mousses fleuries;
Ne m'attardez pas loin de mon amour,
Car voici déjà les lueurs du jour. —

Couronnés de thym et de marjolaine,
Les Elfes joyeux dansent sur la plaine.

— Reste, chevalier. Je te donnerai
L'opale magique et l'anneau doré,
Et, ce qui vaut mieux que gloire et fortune,
Ma robe filée au clair de la lune.
— Non! dit-il. — Va donc! — Et de son doigt blanc
Elle touche au cœur le guerrier tremblant.

Couronnés de thym et de marjolaine,
Les Elfes joyeux dansent sur la plaine.

Et sous l'éperon le noir cheval part.
Il court, il bondit et va sans retard;
Mais le chevalier frissonne et se penche;
Il voit sur la route une forme blanche
Qui marche sans bruit et lui tend les bras :
— Elfe, esprit, démon, ne m'arrête pas! —

Couronnés de thym et de marjolaine,
Les Elfes joyeux dansent sur la plaine.

— Ne m'arrête pas, fantôme odieux!
Je vais épouser ma belle aux doux yeux.

— O mon cher époux, la tombe éternelle
Sera notre lit de noce, dit-elle.
Je suis morte! — Et lui, la voyant ainsi,
D'angoisse et d'amour tombe mort aussi.

Couronnés de thym et de marjolaine,
Les Elfes joyeux dansent sur la plaine.

Les Spectres

I

Trois spectres familiers hantent mes heures sombres.
Sans relâche, à jamais, perpétuellement,
Du rêve de ma vie ils traversent les ombres.

Je les regarde avec angoisse et tremblement.
Ils se suivent, muets comme il convient aux âmes,
Et mon cœur se contracte et saigne en les nommant.

Ces magnétiques yeux, plus aigus que des lames,
Me blessent fibre à fibre et filtrent dans ma chair;
La moelle de mes os gèle à leurs mornes flammes.

Sur ces lèvres sans voix éclate un rire amer.
Ils m'entraînent, parmi la ronce et les décombres,
Très loin, par un ciel lourd et terne de l'hiver.

Trois spectres familiers hantent mes heures sombres.

II

Ces spectres ! on dirait en vérité des morts,
Tant leur face est livide et leurs mains sont glacées.
Ils vivent cependant : ce sont mes trois remords.

Que ne puis-je tarir le flot de mes pensées,
Et dans l'abîme noir et vengeur de l'oubli
Noyer le souvenir des ivresses passées !

J'ai brûlé les parfums dont vous m'aviez empli;
Le flambeau s'est éteint sur l'autel en ruines;
Tout, fumée et poussière, est bien enseveli.

Rien ne renaîtra plus de tant de fleurs divines,
Car du rosier céleste, hélas! sans trop d'efforts,
Vous avez bu la sève et tranché les racines.

Ces spectres! on dirait en vérité des morts!

III

Les trois spectres sont là qui dardent leurs prunelles.
Je revois le soleil des paradis perdus !
L'espérance sacrée en chantant bat des ailes.

Et vous, vers qui montaient mes désirs éperdus,
Chères âmes, parlez, je vous ai tant aimées !
Ne me rendrez-vous plus les biens qui me sont dus ?

Au nom de cet amour dont vous fûtes charmées,
Laissez comme autrefois rayonner vos beaux yeux;
Déroulez sur mon cœur vos tresses parfumées!

Mais tandis que la nuit lugubre étreint les cieux,
Debout, se détachant de ces brumes mortelles,
Les voici devant moi, blancs et silencieux.

Les trois spectres sont là qui dardent leurs prunelles.

IV

Oui! le dogme terrible, ô mon cœur, a raison.
En vain les songes d'or y versent leurs délices,
Dans la coupe où tu bois nage un secret poison.

Tout homme est revêtu d'invisibles cilices;
Et dans l'enivrement de la félicité
La guêpe du désir ravive nos supplices.

Frémirons-nous toujours sous ce vol irrité?
N'arracherons-nous point ce dard qui nous torture?
Ni dans ce monde, ni dans notre éternité.

La vieille Illusion fait de nous sa pâture;
Nul captif n'atteindra le seuil de sa prison;
Et la guêpe est au sein de l'immense nature.

Oui! le dogme terrible, ô mon cœur, a raison.

Le Soir d'une Bataille

Tels que la haute mer contre les durs rivages,
A la grande tuerie ils se sont tous rués,
Ivres et haletants, par les boulets troués,
En d'épais tourbillons pleins de clameurs sauvages.

Sous un large soleil d'été, de l'aube au soir,
Sans relâche, fauchant les blés, brisant les vignes,
Longs murs d'hommes, ils ont poussé leurs sombres
[lignes,
Et là, par blocs entiers, ils se sont laissés choir.

Puis ils se sont liés en étreintes féroces,
Le souffle au souffle uni, l'œil de haine chargé.
Le fer d'un sang fiévreux à l'aise s'est gorgé ;
La cervelle a jailli sous la lourdeur des crosses.

Victorieux, vaincus, fantassins, cavaliers,
Les voici maintenant, blêmes, muets, farouches,
Les poings fermés, serrant les dents, et les yeux louches,
Dans la mort furieuse étendus par milliers.

La pluie, avec lenteur lavant leurs pâles faces,
Aux pentes du terrain fait murmurer ses eaux ;
Et par la morne plaine où tourne un vol d'oiseaux
Le ciel d'un noir sinistre estompe au loin leurs masses.

Tous les cris se sont tus, les râles sont poussés.
Sur le sol bossué de tant de chair humaine,
Aux dernières lueurs du jour on voit à peine
Se tordre vaguement des corps entrelacés ;

Et là-bas, du milieu de ce massacre immense:
Dressant son cou roidi, percé de coups de feu,
Un cheval jette au vent un rauque et triste adieu
Que la nuit fait courir à travers le silence.

O boucherie! ô soif du meurtre! acharnement
Horrible! odeur des morts qui suffoques et navres!
Soyez maudits devant ces cent mille cadavres
Et la stupide horreur de cet égorgement.

Mais, sous l'ardent soleil ou sur la plaine noire,
Si, heurtant de leur cœur la gueule du canon,
Ils sont morts, Liberté, ces braves, en ton nom,
Béni soit le sang pur qui fume vers ta gloire!

Ultra Cœlos

Autrefois, quand l'essaim fougueux des premiers rêves
Sortait en tourbillons de mon cœur transporté ;
Quand je restais couché sur le sable des grèves,
La face vers le ciel et vers la liberté ;

Quand, chargé du parfum des hautes solitudes,
Le vent frais de la nuit passait dans l'air dormant,
Tandis qu'avec lenteur, versant ses flots moins rudes,
La mer calme grondait mélancoliquement ;

Quand les astres muets, entrelaçant leurs flammes,
Et toujours jaillissant de l'espace sans fin,
Comme une grêle d'or pétillaient sur les lames
Ou remontaient nager dans l'océan divin :

Incliné sur le gouffre inconnu de la vie,
Palpitant de terreur joyeuse et de désir,
Quand j'embrassais dans une irrésistible envie
L'ombre de tous les biens que je n'ai pu saisir ;

O nuits du ciel natal, parfums des vertes cimes,
Noirs feuillages emplis d'un vague et long soupir,
Et vous, mondes, brûlant dans vos steppes sublimes,
Et vous, flots qui chantiez, près de vous assoupir !

Ravissements des sens, vertiges magnétiques
Où l'on roule sans peur, sans pensée et sans voix !
Inertes voluptés des ascètes antiques
Assis, les yeux ouverts, cent ans, au fond des bois !

Nature! Immensité si tranquille et si belle,
Majestueux abîme où dort l'oubli sacré,
Que ne me plongeais-tu dans ta paix immortelle,
Quand je n'avais encor ni souffert ni pleuré?

Laissant ce corps d'une heure errer à l'aventure
Par le torrent banal de la foule emporté,
Que n'en détachais-tu l'âme en fleur, ô Nature,
Pour l'absorber dans ton impassible beauté?

Je n'aurais pas senti le poids des ans funèbres;
Ni sombre, ni joyeux, ni vainqueur, ni vaincu,
J'aurais passé par la lumière et les ténèbres,
Aveugle comme un dieu : je n'aurais pas vécu!

Mais, ô Nature, hélas! ce n'est pas toi qu'on aime :
Tu ne fais point couler nos pleurs et notre sang,
Tu n'entends point nos cris d'amour ou d'anathème,
Tu ne recules point en nous éblouissant!

Ta coupe toujours pleine est trop près de nos lèvres ;
C'est le calice amer du désir qu'il nous faut!
C'est le clairon fatal qui sonne dans nos fièvres :
Debout! Marchez, courez, volez, plus loin, plus haut!

Ne vous arrêtez pas, ô larves vagabondes!
Tourbillonnez sans cesse, innombrables essaims!
Pieds sanglants, gravissez les degrés d'or des mondes!
O cœurs pleins de sanglots, battez en d'autres seins!

Non! Ce n'était point toi, solitude infinie,
Dont j'écoutais jadis l'ineffable concert;
C'était lui qui fouettait de son âpre harmonie
L'enfant songeur couché sur le sable désert.

C'est lui qui dans mon cœur éclate et vibre encore
Comme un appel guerrier pour un combat nouveau.
Va! nous t'obéirons, voix profonde et sonore,
Par qui l'âme, d'un bond, brise le noir tombeau!

A de lointains soleils allons montrer nos chaînes,
Allons combattre encor, penser, aimer, souffrir ;
Et, savourant l'horreur des tortures humaines,
Vivons, puisqu'on ne peut oublier ni mourir !

Le Vœu suprême

Certes, ce monde est vieux, presque autant que l'enfer ;
Bien des siècles sont morts depuis que l'homme pleure
Et qu'un âpre désir nous consume et nous leurre,
Plus ardent que le feu sans fin et plus amer.

Le mal est de trop vivre, et la mort est meilleure,
Soit que les poings liés on se jette à la mer,
Soit qu'en face du ciel, d'un œil ferme, et sur l'heure,
Foudroyé dans sa force, on tombe sous le fer.

Toi, dont la vieille terre est avide, je t'aime,
Brûlante effusion du brave et du martyr,
Où l'âme se retrempe au moment de partir !

O sang mystérieux, ô splendide baptême,
Puissé-je, aux cris hideux du vulgaire hébété,
Entrer, ceint de ta pourpre, en mon éternité !

Le Vent froid de la Nuit

Le vent froid de la nuit souffle à travers les branches
Et casse par moments les rameaux desséchés;
La neige, sur la plaine où les morts sont couchés,
Comme un suaire étend au loin ses nappes blanches.

En ligne noire, au bord de l'étroit horizon,
Un long vol de corbeaux passe en rasant la terre,
Et quelques chiens, creusant un tertre solitaire,
Entre-choquent les os dans le rude gazon.

J'entends gémir les morts sous les herbes froissées.
O pâles habitants de la nuit sans réveil,
Quel amer souvenir, troublant votre sommeil,
S'échappe en lourds sanglots de vos lèvres glacées ?

Oubliez, oubliez ! Vos cœurs sont consumés ;
De sang et de chaleur vos artères sont vides.
O morts, morts bienheureux, en proie aux vers avides,
Souvenez-vous plutôt de la vie, et dormez !

Ah ! dans vos lits profonds quand je pourrai descendre,
Comme un forçat vieilli qui voit tomber ses fers,
Que j'aimerai sentir, libre des maux soufferts,
Ce qui fut moi rentrer dans la commune cendre !

Mais, ô songe ! Les morts se taisent dans leur nuit.
C'est le vent, c'est l'effort des chiens à leur pâture,
C'est ton morne soupir, implacable nature !
C'est mon cœur ulcéré qui pleure et qui gémit.

Tais-toi. Le ciel est sourd, la terre te dédaigne.
A quoi bon tant de pleurs si tu ne peux guérir?
Sois comme un loup blessé qui se tait pour mourir,
Et qui mord le couteau, de sa gueule qui saigne.

Encore une torture, encore un battement.
Puis, rien. La terre s'ouvre, un peu de chair y tombe;
Et l'herbe de l'oubli, cachant bientôt la tombe,
Sur tant de vanité croît éternellement.

Fiat Nox

L'universelle mort ressemble au flux marin
Tranquille ou furieux, n'ayant hâte ni trêve;
Qui s'enfle, gronde, roule et va de grève en grève,
Et sur les hauts rochers passe soir et matin.

Si la félicité de ce vain monde est brève,
Si le jour de l'angoisse est un siècle sans fin,
Quand notre pied trébuche à ce gouffre divin,
L'angoisse et le bonheur sont le rêve d'un rêve.

Ô cœur de l'homme, ô toi, misérable martyr,
Que dévore l'amour et que ronge la haine,
Toi qui veux être libre et qui baises ta chaîne !

Regarde ! Le flot monte et vient pour t'engloutir !
Ton enfer va s'éteindre, et la noire marée
Va te verser l'oubli de son ombre sacrée.

Le Dernier Souvenir

J'ai vécu, je suis mort. — Les yeux ouverts, je coule
Dans l'incommensurable abîme, sans rien voir,
Lent comme une agonie et lourd comme une foule.

Inerte, blême, au fond d'un lugubre entonnoir
Je descends d'heure en heure et d'année en année,
A travers le Muet, l'Immobile, le Noir.

Je songe, et ne sens plus. L'épreuve est terminée.
Qu'est-ce donc que la vie? Étais-je jeune ou vieux?
Soleil! Amour! — Rien, rien. Va, chair abandonnée!

Tournoie, enfonce, va! Le vide est dans tes yeux,
Et l'oubli s'épaissit et t'absorbe à mesure.
Si je rêvais! Non, non, je suis bien mort. Tant mieux.

Mais ce spectre, ce cri, cette horrible blessure?
Cela dut m'arriver en des temps très anciens.
O nuit! Nuit du néant, prends-moi! — La chose est sûre:

Quelqu'un m'a dévoré le cœur. Je me souviens.

La Dernière Vision

Un long silence pend de l'immobile nue.
La neige, bossuant ses plis amoncelés,
Linceul rigide, étreint les océans gelés.
La face de la terre est absolument nue.

Point de villes, dont l'âge a rompu les étais,
Qui s'effondrent par blocs confus que mord le lierre.
Des lieux où tournoyait l'active fourmilière
Pas un débris qui parle et qui dise : J'étais !

Ni sonnantes forêts, ni mers des vents battues.
Vraiment, la race humaine et tous les animaux
Du sinistre anathème ont épuisé les maux.
Les temps sont accomplis : les choses se sont tues.

Comme, du faîte plat d'un grand sépulcre ancien,
La lampe dont blêmit la lueur vagabonde,
Plein d'ennui, palpitant sur le désert du monde,
Le soleil qui se meurt regarde et ne voit rien.

Un monstre insatiable a dévoré la vie.
Astres resplendissants des cieux, soyez témoins!
C'est à vous de frémir, car ici-bas, du moins,
L'affreux spectre, la goule horrible est assouvie.

Vertu, douleur, pensée, espérance, remords,
Amour qui traversais l'univers d'un coup d'aile,
Qu'êtes-vous devenus? L'âme, qu'a-t-on fait d'elle?
Qu'a-t-on fait de l'esprit silencieux des morts?

Tout ! Tout a disparu, sans échos et sans traces,
Avec le souvenir du monde jeune et beau.
Les siècles ont scellé dans le même tombeau
L'illusion divine et la rumeur des races.

O Soleil ! vieil ami des antiques chanteurs,
Père des bois, des blés, des fleurs et des rosées,
Éteins donc brusquement tes flammes épuisées,
Comme un feu de berger perdu sur les hauteurs.

Que tardes-tu ? La terre est desséchée et morte :
Fais comme elle, va, meurs ! Pourquoi survivre encor ?
Les globes détachés de ta ceinture d'or
Volent, poussière éparse, au vent qui les emporte.

Et, d'heure en heure aussi, vous vous engloutirez,
O tourbillonnements d'étoiles éperdues,
Dans l'incommensurable effroi des étendues,
Dans les gouffres muets et noirs des cieux sacrés !

Et ce sera la Nuit aveugle, la grande Ombre
Informe, dans son vide et sa stérilité,
L'abîme pacifique où gît la vanité
De ce qui fut le temps et l'espace et le nombre.

TABLE.

Impr. A. Lemerre, 6, rue des Bergers, Paris.

2 fr.

www.ingramcontent.com/pod-product-compliance
Lightning Source LLC
LaVergne TN
LVHW020329230826
846091LV00003B/812